歌集

猪鼻坂

柴田典昭

砂子屋書房

＊目次

I　平成二十三（二〇一一）年

Ⅳ 平成二十六（二〇一四）年

V　平成二十七（二〇一五）年

Ⅵ　平成二十八（二〇一六）年

装本・倉本　修

歌集　猪鼻坂

Ⅰ

平成二十三（二〇一一）年

吉永街道

百歳の盲目《めしひ》となりたる祖母《おほはは》の日の射す方へ向きて微笑む

骨と皮のみとなりたる双手《もろて》もて有る限りもて子らの手握る

曾祖母と握り合ふとき子らの手にしづかに水は流れてをらむ

妻の家初めて訪ねし日の富士や防風林ある家並みの向かう

拡張をするたび無惨に切り裂かれ縫合痕ある吉永街道

新年《にひどし》を祝《ほ》ぎて飾れる大漁旗めつきり減りて小川《こがは》の漁港

老詩人、岩崎豊市けふもまた築港歩み詩魂研ぎゐむ

クレーン五機並びて千手観音の自在に泳ぐ空の一角

宅急便に分厚く固き餅の入り義母《はは》の懐《おも》ひは追ひ駆けて来る

縺れし夢

秋将軍、冬将軍は空にゐて編隊をなし行き交ふヒヨドリ

葡萄棚末枯れし蔓を這はせつつ縺れしままの夢絡み合ふ

コンテナは何を収めて野に置かるこの国に椀貸し伝説ありき

血だるまとなりたる路上のハクビシン車を避けて烏の啄む

霙降る巷の無人販売に菊を購ひ亡父《ちち》を訪ねむ

チアリーダー空より舞ひ来る画面見つ天女にあらぬ現実《うつつ》の姿態

水仙を左右《さう》に靡かせ吹く風の父母《ちちはは》まさざるこの冬厳し

馬酔木とカラマーゾフ

足元にかすかに揺れゐし花馬酔木肩の高さにこの春揺るる

『罪と罰』十五に読みき『カラマーゾフ』五十にて読み一生《ひとよ》過ぎゆく

逝きし年に父の植ゑたる馬酔木なれわが背の丈となりて綻ぶ

春嵐すさびしのちの明るさやソーニャのごとき吾妻と言はむ

『万葉集《まんえふ》』の四千余首の言の葉の馬酔木の鈴の小花の匂ひ

春ごとに馬酔木花咲く日溜まりに猫をりし日々は十年《とせ》に満たず

『カラマーゾフ』読みて肯ふちちのみの父の愛《めぐ》し子わが秘めし闇

猛る牛

しみじみと坂上二郎を悼む午後　日射しを歪め大き地震《なゐ》揺る

スペインの牛追ひ祭り然《さ》にあらず津波は猛り人を呑みゆく

涙川、すゑの松山言の葉の浮かぶまにまに人家は呑まる

濁流だ濁流だといふ声のなきこゑは呑まれて波の間に消ゆ

ゆゑ知らず『カラマーゾフ』無性に読みたけれ大地震《おほなゐ》ありて眠れざる夜を

「欽どこ」の〈気仙沼ちゃん〉母となり今は何処の避難所にゐる

先立ちて思ひの深きが逝くならひ飢饉の養和、大地震《おほなゐ》の平成

北海の人魚にあらず海岸に打ち寄せられたる遺体の無言

地震の報見るともなしに見る素振り息子と娘の哲学の日々

ホームレス

自転車に一切合切積み上げて蝸牛のごとくゆくホームレス

自転車を漕ぐたび揺るるヤジロベヱ危ふきこの世の橋渡りゆく

朝まだき浜名の橋を渡りゆくホームレスわが縁者にあらずや

昨夜《よべ》ひと夜桜の下に眠れるや筵を背負ひてゆくホームレス

弟がかつて今またわが息が犬飼ひたがる心根かなし

蒼穹のへりを追ひ駆け鳴く犬の声ごゑ響くブリーダーのまへ

遠吠えを聞きつつあれば甦る〈バスカーヴィルの犬〉のことなど

篠懸《すずかけ》の並木の樹々は葉を垂れて朝の祈りの中にゐるらむ

篠懸の葉ごとに白き露を溜めしろがねの鈴振るふごとしも

篠懸の葉群れ垂れをり繁りゆく前の幼きひそけさにあり

終曲ののち

セバスチャン・バッハの受難、受苦の曲沁みわたるなりこの春はなほ

〈わたくしは涙を流して踞《うづくま》る〉終曲ののち、地震《なゐ》過ぎてのち

「天道は是か非か」と問ひし史家ありき一億人が然思《しかも》ふこの春

ヨシキリの葦《よし》の葉切るといふ多弁うとまし日々の報道なども

佐鳴湖の水面に佇む、急《せ》く、流るボートはさながら人の営み

竹の子の春の潤みを帯びゐたる人にてあれよ　娘《こ》の離《さか》りゆく

均されたる地に先づ花付くる蒲公英の明るさすなはち強さのあかし

ランドセル

着る物がないから行かぬと言ふ母を宥めすかして葬《はふ》りへ向かふ

若き日に見しそのままの貌をして棺の中に伯母は微笑む

キリンレモン冷やして母が待ちし日のわがランドセルの後姿《うしろで》は見ゆ

熱き茶と冷たきジュースと三成を気取りて問ひき少年われは

青畳すがしき客間に溢れゆく本の嵩だけわが老いづけり

リビングに蚊の舞ひ障子に蠅唸り震災の年もはや夏は来ぬ

新緑の木の間に目を剥く顔見ゆる岩城宏之、岡本太郎

つるや

黒光るナナハンなにはナンバーの並べり鰻屋つるやの午どき

子供らは丼《どんぶり》にせよとたしなむるお婆ゐたりき鰻屋つるや

丼はお代を浅蜊は貰いもの要るだけ持って行けと言ふなり

糸巻きを手繰るごとくに首を振り辻井伸行楽《がく》紡ぎ出づ

首を振る刹那せつなに響きあり辻井伸行闇に奏でて

気遣ひを気詰まりを音なくはたたかせ紋白蝶の番《つがひ》過《よ》ぎれり

物言えば寒き唇なにゆゑに蝶や蜻蛉にこゑのあらざる

〈目撃者求ム！〉の立て看また新た路面に刺さる楔のごとし

〈目撃者求ム！〉の願ひせつなくて神の眼街に潜む人の眼

遠州大念仏

梅雨明けのゆふべの巷に沁みわたり遠州大念仏の鉦の音

念仏に集へる人ら犀ヶ崖、奈落の底への闇を覗かず

菅笠に双盤、脚絆の若者らそろりそろりと巷より出づ

片脚を高く掲げて静止させ双盤ひとたび中空に打つ

双盤は打つにはあらず切るものぞ南無阿弥陀仏の声に合はせて

徐ろに和讃の声の高まるや双盤を切る動き激しき

手作りの笛太々と響りわたる戦に逝きし数千を鎮めて

兵《つはもの》の夏虫となり祟りなす伝へかなしく鉦の音やまず

日傘の女

舞阪はまへ海境《うなさか》の謂ひなるや　か黒き子らのホームに並ぶ

脚を組み、　揃へ、　投げ出す夏まひる車中の女《おみな》の百態うるはし

隧道に入れば眩き光《かげ》途切れ車窓に映るこの夏の死者

うづ高く木屑は積まれ円錐形なしてかなたの富士と競へり

熟睡にありとし見たる乗客ら幽鬼のごとくホームへ降りゆく

二つ三つ咲き初めたるが数《す》日にて百まで咲かす蓮《はちす》の虚心

目に見えぬものに怯ゆるこの夏を蓮の純白ことに耀く

玉城徹「夕ぐれといふはあたかもおびただしき帽子空中を漂ふごとし」

夏空の碍子を踊らせゐる風に玉城徹を思ふゆふぐれ

しどけなく飛行機雲の解れゆくさまは見えつつ夏空暮れず

中空に「日傘の女」浮かべども河野裕子のもはやゐぬ夏

恋歌のひとつ一生《ひとよ》に欲しかりきモネの「日傘の女」のごとき

パウル＝クレーの色の魔術を愉しみし眼《まなこ》にて見るセシウムの空

この夏を病める友より賜はれる素麺細く白く輝く

素麺の木箱にこもる小麦の香　瀬戸内海の潮《うしほ》渦巻く

小豆島手延べ麺とぞ太々と木箱の表にうねりたる文字

「二十四の瞳」の悲しみ守り来し母の小さき豆ほどの意志

木下恵介は浜松生まれ

けいちゃんと遊びし伯母らもみな逝きて木下恵介ゐしこの巷

モール街七夕飾りの波が揺れ揺れやまざれば疼くこころは

百歳の祖母《おほはは》ゆつくり素麵の光る一条《ひとすじ》ひとすじを食《た》ぶ

鴉・蟬

朝《あした》まづ鳴くは物見の鴉にて百鳥あとを追ひて鳴き出づ

朝まだきまづ鳴き出だすゆゑならむ鴉その身に闇を纏へり

百鳥の羽根を纏へる似非鴉闇の夜の闇深めて恥ぢず

玄関に残せる「黄道十二宮」娘の東京暮らし始まる

おのがじし声を限りに鳴く蟬の一途やつひに他を入れしめず

夏空へヘブンリーブルー咲き昇り天突く蟬の声に震へぬ

目の前に大滝にはかに現れぬ大音声の蟬熄むときに

忠魂碑あたりの石組み崩れつつこの夏この墓地訪ふ人のなし

送り火を終へて老いたる親を言ひ遠き御祖《みおや》を語るともなし

サイレンの煙のやうに消えし昼　球児は去れり蟬も聞こえず

鳴く蟬の声ごゑ椎の木がとどめ椎の実となり秋日に降らむ

近づけば重たきジャンプもて別る鴉の黒き井戸端会議

隊商

キズ・へこみすべて引き受けますと言ふ心の凹《へこ》みは直せはせぬか

遠景に横断歩道をゆく人ら都市の沙漠の隊商《キャラバン》は見ゆ

朝ごとの予報に嶺北、嶺南を聞きつつ木の芽峠を思ふ

土牛蒡、洗ひ牛蒡といふ差異の奇《あや》しさ除染といふなる言葉

幸せの二段仕込みといふカレー華麗に溶けて影だにもなき

隣り家もその隣り家も石蕗の咲きて初冬の光を分かつ

義仲の墓の隣りに眠りゐる魂のその傍ら焦がる

石蕗の黄の傍らに眠りゐる猫消えゆきて三めぐりの冬

目力のおとろへ声の細りゆき媼ら山羊のやさしさにゐる

ビル四隅この世かの世の隣り合ひ赤きランプの点滅やまず

La Paixといふケーキ屋ありき叶わざる〈平和〉のごとくやがて潰えき

冬空の星の瞬きより明く瞬きならぬ機影ぞ過《よ》ぎる

Ⅱ

平成二十四（二〇一二）年

虹　橋

不忍の池の破れ蓮ざはざはと蠢くかつて見し日に増して

間違いなくＫを欺く〈私〉だらう上野公園冬木立鋭《と》し

何もかもそして誰もが消えゆきて知命を過ぎて見る冬木立

長々と工事の続く公園のホームレスみな何処へ行きしか

ガラス越しに華やぐ家族、二人連れ見てをり独り伽哩食《は》みつつ

虹橋を見むと「清明上河図」の長蛇の列の脚に紛れつ

虹橋はかく大いなる太鼓橋とはなる汴河《べんが》の流れ跨ぎて

虹橋に人の群れゐて見下ろせり濁りて船の行き交ふ汴河を

一瞬を「清明上河図」にとどめ七百三十三人の生

ブリューゲル、張択端の細密画こゑ幾百が空に谺す

秋冬山水図

雪舟の秋冬山水図のこころ抱きたるまま復《ま》たの三月

救貧院院長ヴィバルディの「四季」ことさら心に沁むこの春は

アーヨとふ喃語のやうなる名の奏者覚えしが春の楽の始まり

アーモンドの白き花咲き風に揺る母も娘も去りたるさ庭に

工場に勤《いそ》しみ詩魂を磨きゐし隆明を思はむよき歌詠まむ

隆明は逝き除染の山残り〈まぼろし〉共に夢見む日は来ぬ

スケボーの少年いくたび輪を描き汚れし地上を拭ひて消えぬ

真砂の日々

大空の円弧の縁をたどりゆく機影ひとつが轟きを呼ぶ

編隊の機影を映す湖に腰をかがめて我ら貝掘る

まさぐりて真砂の日々より採り出だす浅蜊いくつぶ幾粒の幸

潮水に洗はれ春日に輝ける浅蜊の縞目に同じきは無し

種火

きりきりと五月の空を穿ちゆく蕾の蒼く鋭《と》きかな菖蒲

直ぐ伸ぶる蕾と見るやみづからを捩《ねぢ》り締め上げ菖蒲は開く

十薬の白、睡蓮の白ひらき彼の世の父の誕生日来ぬ

天上の青を灯せる桐の花いつしか種火を菖蒲に移す

空豆の二粒、三粒ほどの意志茹で上げ夏至のひかりに曝す

死の島

海の家連なる島に椰子を植ゑリゾートホテルとなるや潰《つひ》えき

ベックリンの「死の島」を行く我ならむ避暑地にてありし湖の島

夕映えが雲と湖面を染めわたる逢魔が時には憂ひを忘る

北欧の水都と讃へられし島　山下清も逝きて死の島

信号の赤も緑も雨に濡れ潤みを帯びぬわが決断も

「菩提樹」の明るき翳りに戦争の世紀を重ね秀和逝きたり

ねむるべし

道元の遺骨を一片伝ふとふ開山堂の冷気動かず

百合園のなだりに幾万花の群れ天の褥《しとね》に射せる瑠璃光

家康の言ひし一言「ねむるべし」みどりの風に聞く可睡斎

耐へゐるか耐へよと低く呟くはわが裡に佇つ石の地蔵か

今日ひと日幾たび鴉に会ひたるか鴉のやうなる人に幾たび

サラトラケのニケの翼を広げつつ若きら真夏のプールに競ふ

シイシイと鳴きジイジイと鳴く蟬のこゑの彼方ゆ赤子の声す

ワンピース姿となりて夏の妻こころと体の輪郭失せぬ

水玉が水色ならぬ色に映え草間彌生の炎《ほむら》見えたり

未明の雷

雷鳴は聞こえずされど夜の闇にしろがねなせる帷《とばり》はためく
音もなく閃く神の怒り見え明けゆくまでのときを畏るる

原爆の原発のひかり閃くや音なく未明の雷《らい》は過ぎゆく

節電と再稼働ある長き夏鎮まらぬもの雷として鳴る

祖母《おほはは》の逝きはや十日夜の闇を瞬くひかりに導かれゐむ

雷に覚め大地震《おほなゐ》に覚め夜々我の心の底ひを流れゆく河

星めぐりの歌

津軽弁、異国語、土語、祖語入り乱れ盛夏の三内丸山遺跡

連なれる縄文環状配石墓　星降る丘に〈うた〉響きけむ

ゆくりなく「星めぐりの歌」にめぐり逢ひ彼のとき彼の日の〈あなた〉を歌ふ

歌ひつつ「あかいめだま」のアンタレス「あおいめだま」のシリウス畏る

八甲田丸の船内うたふごと行商のこゑ流れてやまず

物売りのこゑも係留されしまま八甲田丸の哀歌を歌ふ

『永遠の故郷』に秀和記しゐき何処に歌生《あ》れ何処に向かふ

鏡台

砂の失せ賽の河原となり果てたる和田浜真向きにこの秋の富士

幾百羽鶏舎にせはしく餌《ゑ》を食《は》める傍らに秋の墓処静けし

穂芒の靡き造花の鳴りやまず田尻・元和田共同墓地に

身をかがめ三つ寄り添へる骨壺に一つを加へ闇へと帰す

骨壺を収めて手合はす墓の上の何処の空より百舌のこゑ降る

をりをりに義父、祖母見舞ひしこの部屋に残りし位牌に手を合はすのみ

祖母ありし日々さながらにたつぷりと秋の日射しを浴びゐる鏡台

抽出に残りてゐたる小銭入れわが子に遣らむと小銭貯めしか

光福寺

新川の暗渠が馬込《まごめ》川と合ふところ光福寺ありて師走のひかり

台風の二度訪れし年のするゑ菩提寺の松みな伐られゐき

浜松の謂はれともいふ大松の切り株に猫二匹が転《まろ》ぶ

誠一といふ祖父が誠一といふ婿を得て六十年後に並ぶ骨壺

夜の雨に樋《とひ》ここかしこ鳴り出でて老いゆく我が身のやうなるこの家

噴水の落ちゆき溢るる水の音《と》を聴き入るごとし老いゆく日々は

鉄棒に逆さとなりて見し校舎しばしば思ふも半世紀経て

また一つ大きな溜息なすバスか信号ごとにエンジン止めて

Ⅲ

平成二十五（二〇一三）年

鳩

大寒のプラットホームを鳩のゆき雀のゆきて我も従きゆく

凍てつけるホームをい行く鳩の脚　皹《あかぎれ》されし母の手思ほゆ

煎餅を靴にて割りつつ鳩にやる老女の立つる音のみ響く

一心に餌《ゑ》を啄める鳩数羽　何に渇《かつ》へて来し我ならむ

障害を持つ子の足取りやはらかく鳩も馴染みて逃げむとはせず

今しばし乙女心を忘れゐよジャージ姿に立つ高校生

その門出讃へ合ひしが駅頭にペール・ギュントとして立てる旧友《とも》

冬山に向かはむ老いらがニット帽被《かづ》きてその頭《づ》も心も包む

菜の花、よもぎ

春来たる庭師は芽吹く枝えだをみな軒ほどの高さに揃ふ

山茶花は散りて群れ合ひ春の木の椿は独り花付けて落つ

土雛の官公の髭そよと揺れ義母《はは》のみ独り棲む雛の家

けふも食《を》すジャガイモ、かぼちゃ、はうれん草いづれも南の楽土を負へり

しつとりと活字に濡れたき春の色　文庫の帯の菜の花、よもぎ

浜名湖に水脈《みを》くつきりと浮き上がり流るるごとく春は来たりぬ

無伴奏チェロソナタ、ヴァイオリンパルティータ独りは寂しされど安けし

シャコンヌを聴きつつ思ふ不登校続くる生徒の心の宇宙

楽譜より無限の光を引き出だすクイケンこころと技の平熱

夢二の夢

紫陽花の葉陰に隠るる黒猫の眼《まなこ》は光り姿のあらず

紫陽花の七色変化に黒猫の潜みて夢二の夢の儚さ

直ぐ立つは苦しきからに百合の花あらぬ方へと靡きて戻る

六月は労働の後《のち》の黒麦酒《ビール》　茨木のり子の詩が思はるる

足元を間なく行き交ふ黒き影　目線の高さとなるときツバメ

黒き影よぎりて消えてなほ過ぎる運命《さだめ》のごとく燕飛び交ふ

接線は交はらざるといふ声の廊下に響きて五月雨白し

響き

「装ひせよ、わが魂よ」といふこころざし示しし髙橋たか子も逝きぬ

コラールの厳しき響きの彼方にてバッハがたか子が見据ゑし現実《うつつ》

ずんずんと祭太鼓の音響き迫《せ》かれて生きて人は逝くべし

笛の音や太鼓の響きに纏はりて聞こゆる女男《めを》の哀しきならひ

太鼓の音やうやう哀へぱらぱらと降り来る夜半の雨に紛れぬ

夜の帷屹《とばりき》と引き締めて黙《もだ》深し鯉の水面をひとたび打てば

夜半ずずと心の縁《へり》をなぞりゆく音あり鯉の藻を啜る音

高野

うねりつつ広がる緑を見下ろして夏空に立つ高野の大門

平等院摸《も》すも片肺なるままの高野霊宝館とふ鳳凰

鋭き眼青き肌《はだへ》に瞋《いか》りたる不動明王わが内に在り

陀羅尼助、高野槙など商ひて昼しづかなり高野の参道

一の橋渡るやあまたの人あれどひそけく御廟へ石畳道

古武士らの葬列過ぎるまぼろしは顕《た》ちつつ高野の杉道歩む

弾けたる笑ひの途切れ宿坊を訪へば掌《て》合はす若き僧たち

百日紅、葵に夏日の降り注ぎ女人はをらず高野の僧院

水平線

夏花火上げずサーファーともならず漁師の末裔《すゑ》に生まれし我は

日焼けせし腹を四駆に曝しつつ微睡む者にも風吹き抜くる

水平線見定め難く来し方を思へば瞼の震へはやまず

中田島砂丘の横腹洗はれて高度成長期の塵芥《あくた》食み出づ

今切《いまぎれ》は湖《うみ》と海との蝶番はたたけば其処にカズラ貝沸く

浜名の橋ありし辺りの夕まぐれ鬼灯《ほほづき》揺れて豚舎は匂ふ

バイパスの果たてに消失点ありて西方浄土に入りゆく自動車《くるま》

狗尾草

色づきて爛るるまでを見尽くせりこの秋の友　裏山の柿

霧深きあしたに蔦の朱が浮かびいま柿右衛門の大皿に在り

濁手《にごしで》の磨《と》ぎ汁ゆたけき白き色狗尾草《ゑのころぐさ》が壺に微笑む

蟷螂の斧振り上ぐるに気づかずは露の光りてさやけきこの道

母の去り猫も失せたる屋内《やぬち》には、否《いな》こころには鼠棲みつく

マンデラ逝く

誘はれ銀座のデパート経巡れるマンデラ見つつ何やらわびし

「母の日」のプレゼント並ぶフロアーにマンデラ絶句すその羨《とも》しさに

他人《ひと》のため牢獄《ごく》に繫がる気概もて世を革《あらた》めきマンデラたちは

三十年前の出逢ひを言ふ弔辞　オバマに重なるマンデラの顔

マンデラの葬儀にオランド、サルコジの行く国ひとり皇太子《みこ》の訪ふ国

Ⅳ

平成二十六（二〇一四）年

仲町通り

首根つこむんずと押さへて引き倒し古びし家の息の根止めぬ

土埃わつと上がりてこの家の湛へし時間は忽ち気化す

ぽつかりと鰻の寝床が現れぬ表と裏の通り繋ぎて

この家の井戸のめぐりに人つどひ笑まひを汲みしがいま井戸はなし

風説のひとつ流れて消ゆるころ仲町通りの櫛の歯抜けぬ

日曜の朝ごと通りを掃除せし少年の一人いま歌を詠む

野の花を手向けし地蔵は疾うに無く裏山の墓地崩《く》えゆくばかり

綿雲の記憶の彼方に微笑めりお地蔵さんは綿屋のかたはら

白梅と靴紐

風通ふ切通しの上の御祖《みおや》たちそのかたはらにこの春の梅

丈低く白梅咲けりいつの間にわが母、叔父、叔母背の縮みたる

わが祖母はこの世の人にあらねども山ふところに咲きて白梅

逝きし人の遺しゆきたる空洞《うろ》いくつほのか明るみ梅の花咲く

この日頃身ぬちにありたる違和感のぷちりと弾け靴紐切れぬ

靴紐を屈《かが》みてきつく締め直す一生《ひとよ》の冬の来む日のまへに

靴紐を結はむと屈む舗道《いしみち》に忽ち我といふ吹き溜まり

靴紐を屈みて直すシューベルツはしだのりひこだうしてゐるか

春されば回転木馬の廻り出づエディット・ピアフのかなしきこゑに

囁きに始まり絶叫にて終はり潔きかなピアフのうたごゑ

ユンディ・リ

歌丸の戻れる笑点わらひ合ひ老いづく日本に我も老いづく

梅雨寒の苑にて従きゆき紫陽花の雫に濡るる日本人われ

ひとたびは日本を離れ艶やかに戻るもよきかな紫陽花きほふ

この国をおほふ梅雨空より光りここだ集めて華やぐ紫陽花

梅雨曇るこころを跳ね上げ振り落とし乾燥機ひと日廻り続けぬ

ユンディ・リ奏づるピアノは夢のやう百合のやうにて「月光」薫る

ざざんざ

浜松の松にざざんざの伝へあり永遠《とは》なるときのざざんざざざんざ

湖《みづうみ》は空にさきがけ秋となり瞳よりまづ胸潤み初む

渦巻きて鴉の群れの舞ひ上がる源太物見の松の木のうへ

夕暮れの駅より州崎橋を過ぎ立ち飲み酒屋に並ぶ脚見ゆ

船町の製氷場より溢れ来る水を汲みつつ遊びし日々はや

西山の夕映え湖《うみ》へと移りゆき朱泥の中を龍はぬたうつ

夕映えの平次ヶ谷《や》を這ふ蝸牛ゐて焼却炉、火葬場に立てるその角

極光のかげに

セザンヌにヴァレリーに溢るる輝きに辛苦を見出でて励みしポンティ

「寂しげな陽気さ」に哲学する人とポンティを評しき友のサルトル

冬の日の狐の嫁入り降り残し榛名貢の葬儀は果てぬ

『非言非黙』其の参までを世に遺し榛名貢は永遠《とは》に黙せり

黄昏の舗道の彼方の見えざれば千と千尋の〈顔なし〉として行く

文庫本『極光のかげに』を取り出だす師走の寒波近づくゆふべ

お人好し静岡人の澱《おり》として石原吉郎、高杉一郎

友なるや然《さ》に非ざるやラーゲリもこの世も其《そ》を知る学校ならむ

春さらばバイカル湖より溢れゆく希《のぞ》みの波濤よアンガラの河

ゴミ袋

ゴミ袋提げつつ師走の路地をゆく同行二人の雨傘差して

通勤の途上に置き去るゴミ袋ゆるゆる徒歩《かち》にて提げゆく年の瀬

春さらば生活《たづき》を讃ふるやうに咲く辛夷の木下にゴミステーション

ゴミ袋手前へ奥へと置きゆける人それぞれの空間《スケール》見せて

生ものは少なくかさこそ音立つるもの多きかなわがゴミ袋

大掃除なぞと称して我と他人《ひと》、我と時との柵《しがらみ》ほどく

捨て切れずありし手紙の行間に我をくまなく知る眼《まなこ》あり

V

平成二十七（二〇一五）年

ニット帽

冬空に連なる海鵜の尖端の触るるや水面《みなも》の引き締まりたり

上空の寒さを水面へと移し海鵜の群れの描く放物線

ニット帽すつぽり被りて老い包む人あり若さを包む人あり

忽ちに仮の宿りを発ちゆきて彼岸のホームに人影のなし

眼前をけたたましくも行き過ぎぬ〈ひかり〉待つ間の一縷の〈のぞみ〉

持ち上げられ高架となれる駅の下　空《から》つ風過ぐシャッター揺らして

正月の飾りを売りゐし橋の上の露店や新川暗渠となりたり

新川に白波立たせし空つ風背に纏はりき登下校どき

ガスコンロの修理にゆふべ来たる人ルオーの画に似て焰に翳る

ピエロにもキリストにも遙か遠きわれルオーの版画の貧しきひとり

飛べなくなった人　石田徹也展を見る

徹也展にまづ見る「飛べなくなった人」〈飛行〉も〈非行〉もできないボクを

スクラップの車体に徹也の描きたるスクラップのボクの君たちの顔

プロペラを被《かづ》けど「飛べなくなった人」タケコプターのゆとりは非《あら》ず

泣き面に薄ら笑ひの貼り付きたる徹也の描くみな同じ顔

颯《さ》と視線逸らす気配に見返せり石田徹也の画の中の顔

グランドに便器が並び用を足す画の中のだんまり少年、徹也

妻の故郷《さと》、焼津の岩崎豊市も石田徹也もいまは亡き人

三春駒

みちのくの三春の桜くれなゐに咲き出で白く咲き満ち枝垂る

枝垂れつつ子、孫、玄孫《やしやご》と継がれゆき三春桜の千歳《ちとせ》の枝えだ

三春駒わが家にあるは黒きにて白きは長寿、黒きは子育て

老い人の大き声にて老い人に声掛け過ぐる春の真盛り

菜の花の迷路に紛れ菜の花に眩むいとまに日月《じつげつ》は過ぐ

出世凧すなはち喧嘩凧なれば縺れ合ひつつ相手を落とす

入り来たるゆふべの風の肌寒し真昼の蒼き風の名残は

夜の闇の彼方に灯りふいと消ゆ虎の李徴の眼《まなこ》のひかり

一斉に舞ひゆく胡蝶の群れと見え春をひそけく竹の葉乱る

留め金のひとつ外れて道端に佇みゐたる猫動き出づ

リヒテルの〈平均律〉に立ち上がる砥石に鋭く研がれたる時間《とき》

神わざに狂気宿れりリヒテルは銃殺刑を受けし父の子

雲龍図

ネットにて監視さるる世の天井に八方睨みの龍の眼涼し

昇り龍立ち位置変はりて下り龍　僅かな差異に人は苦しむ

雷鳴の轟くけはひに探幽の龍の化身は身ぬちを過《よ》ぎる

反骨は禅のこころに通はむか明智風呂なる室《むろ》伝へたり

雲龍図見しのち我は嵐電へ若きは山陰線へと辿る

紫陽花の絵柄の袋に提げ来たる西利の漬け物食めば露けし

ゆつくりとしつとりと電話に話す人千枚漬けの潤ひありて

深大寺

深大寺山門前に旧きバス現れそのまま木蔭に佇む

御祈禱料五千円也ためらはず出だすジーパン姿の夫婦

祈禱料言はるる儘に出だす親　子ゆゑにこそ知るあはれの類《たぐひ》

湧き水の池なす元三大師堂集へる人らの切なさの嵩《かさ》

湧き水の無尽を乙女に喩へたる茂吉が訪ひしはこの我の年

釈迦堂の白鳳仏はこの秋に奈良の家郷へ里帰りとぞ

ガラス窓なべて拭き終へ真つ先に開店となる元祖嶋田屋

百日紅影を落とせる池の鯉見つつするりと蕎麦啜りたり

寺町通り

憑き物の憑きて諍ふ猫ありてをりをり人の声も紛れぬ

水飲みに来たるいつもの猫けふの眼《まなこ》は池の鯉を追ひゐつ

それぞれの父祖を背負ひて過《よ》ぎりゆく彼岸の中日の寺町通り

弟や妹の影、子らの影引き連れ彼岸の墓参りなす

露草の青、彼岸花の朱《あけ》せめぎあふ行き合ひの空広がれる下

はろばろと百舌の高鳴き響かへば狗尾草《ゑのころぐさ》のこころに揺るる

昼を鳴く虫と夜を鳴く虫のこゑ違へどいづれも姿は見えず

啄木の墓

函館の夜景を見しは昨夜《きぞ》のこと今朝は麓の墓原廻《めぐ》る

啄木の墓の真向きにロープウェー函館山より地上へ降る

「石川啄木一族の墓」と刻まれて父、母、妻、子死して集へり

墓原を観光バスの分け行きて立待岬に喚声上がる

啄木の墓に登れば弧をなして海に添ひたる青柳町見ゆ

百舌が空、地虫が地より響き来て紅葉の中を啄木の墓

烏賊釣りの小舟の灯りを昨夜《よべ》見たる海の広らに何物もなし

啄木の墓の背《そびら》を徐に機首を上げゆく鳥ならぬもの

秋の日を鱗のやうに耀かせ津軽海峡さざ波わたる

立待の岬のあなた凪ぎわたり大間の原発くきやかに見ゆ

雪客

垂れ籠むる雲を切り裂き鳴く鷺のひと声過《よ》ぎりいや増す寒さ

浜名湖の穴子を煮汁にひたひたと浸して小雪《せうせつ》夜闇の深し

秋山虔、一海知義ともに逝き紅葉の色づきはやきこの秋

雪客《せっかく》のやうに姿を変へし人　車内に入ればマスクを外す

「雪客」とは鷺のこと

富士山の見ゆる見えずを話題とし駿河の国の冬暖かし

病床に独り「雨ふりお月さん」歌ひてゐたり夕べの母は

そのこころ知らえず母の繰り返す「むかしの光いまいづこ」の闇

世田谷に家族とともに殺されし宮沢さんも我も還暦

ミレニアム囃しし前夜より続く百鬼夜行のおぞき闇夜は

Ⅵ

平成二十八（二〇一六）年

今右衛門・柿右衛門

我ありてわが負ふものと溶け合ひて十三代今右衛門、十四代柿右衛門

撫で肩の膨らみあたりに山躑躅えがかれ壺に宿れる花神

犬蓼の穂先の朱は葉の緑永遠《とは》に追ひつつ絵皿を廻《めぐ》る

真白にはあらぬ豊けさ濁手《にごしで》の地肌に秋の草草灯る

薄墨の鉢の夜空を石竹文ひと夜を巡れり星座のごとく

吉祥の鳥来る珠樹文蓋物の水惑星の蒼さに凝《こご》る

吹墨の藍の狭霧を分け出でて真紅の薔薇の瓶に鮮《あざ》やぐ

撫子文、麦文大き皿の上に揺らぎて玉の響き立てたり

閻魔大王

この冬のどか雪夕映え身に沁みて伯父二人逝きけふ空つ風

自動車の死角のやうなる闇われに増え来てしばしば物忘れする

留守宅にをりをりチラシ入るなれどメンテナンスは先づわが身から

童心堂書店のわが叔父はこべらの微睡みにゐて店番をなす

バイクにて桃の節句に寄りし義父《ちち》ひらりと永遠に旅立ちてけり

新書版漱石全集かたはらに在りて馴染まずその旧表記

漱石は揃へど鷗外揃はざり新書版なる全集、選集

原野谷の川面に光の躍りつつ鳥屋《とや》には春の鳥が囀る

木像の閻魔大王ひたぶるの怒りや春の草木生ひ初む

閻魔像怒りに震え坐しゐたり大震災より五年目の春

枝垂れ梅ぽつぽつ咲きて老女より返る挨拶また初めより

吊し雛飾れる御堂に集ひ来て桜便りを交す老女ら

伊勢型紙

柿渋を塗りたる和紙を重ねつつ江戸より保つ伊勢の型紙

縞彫りの伊勢型紙の繊き線やをらこの身は時雨に濡るる

縞彫りの線と線とのあはひより格子戸を閉《さ》す家並み見えたり

錐《きり》彫りの点描図柄の濃やかさ山下清に通ずる一心

型紙を広めし白子《しろこ》、地家《ちけ》の地に巫女と言はれし智恵子坐《おは》しき

降魔の剣

蔦の葉の気負ひて伸ぶるも当て所《ど》なし「みどりの日」なるも五月に移り

ひととせにひとたび来ます昭和の日　昭和の子われに昭和の日日あり

小手毬は風に揺らぎて干し物をなしゐる妻の腕《かひな》の動き

犬槙の繁《しみ》みにありし生け垣の疎《まば》らとなりてこの曲がり角

ラズモフスキー聞き終へ絡みたる糸の解《ほぐ》れてうつつならぬ明るさ

四重奏終はりて解れゆく絆つつがなきにや竹馬の友ら

葉桜となりゆく頃をわが面《おも》の余剰を削ぎつつ白刃滑る

頬を剃るナイフに千日回峰の降魔の剣のことを思ふも

向かうより誰《た》れ呼ぶならむ散髪の鏡の前にて目蓋の重し

凌寒荘

梅園坂ひときは険しきあたりにて喘ぎ息急《せ》き車ゆき交ふ

木宮《きのみや》の大楠めがけて吹く風に凌寒荘の青葉きらめく

満面の笑みを湛ふる写し絵の信綱に先づ迎へられたり

梅の実の太れるさ庭の青葉蔭　信綱に向かひ新茶いただく

味噌漬けになさむと松井千也子さん書斎の前の梅の実を指す

文旦も蜜柑も白き花を付け薫りてゐたり信綱の庭

滝の音の間なく聞こえて凌寒荘ひそけき中に高まれるもの

武者人形白く静かに光りをり雪子夫人の過ぐしゐし部屋

信綱の庭を出づれば谷崎の幻過ぎりて旧居が迎ふ

潤一郎、信綱寄り添ひ暮らしゐき生きたる文庫《ふみくら》並びしごとくに

五月闇

ベランダの真白き火照りを黒く染め生徒のこころに俄雨過ぐ

ベランダの細き勾欄《てすり》に抱へられ千人の子らのきのふけふ明日

降り出でて身を隠さむとする栗鼠を追へるあまたの視線も雨脚

とりどりの軽の集ひて定時制始まるゆふべ梁山泊めく

新入生迎えし桜に毛虫這ひ五月闇なすこころ蠢く

街路樹の葉陰にのつぺり顔したるけふの愁ひやバス現れぬ

まひるまの真白き時間《とき》に漂ひて車は流れ媼は歩む

匕首ひとつ

紫陽花の雫にとつぷり濡れし身に光を浴びて蜥蜴あらはる

ただ若く醜き蜥蜴は虹色に己《おの》が身光りてゐるを知らずき

頭が走り尾の先までが従《っ》きゆきて蜥蜴は千古の闇に消えたり

忽然と光を曳きて蜥蜴消ゆ身内に残る匕首ひとつ

梔子の白きはまりて輝ける星雲七つ夜闇に浮かぶ

朝ごとに梔子の香を身に纏ひ出でゆく幸も旬日のこと

くちなしの朽ち色なして存らふるわが身やこの世を降り止まぬ雨

黒洞洞

パトカーのわが駐車場塞ぎゐて夏の没日に眩《めくら》む思ひ

車より出づれば著《しる》き炭の香の迫りて群れゐる人こゑもなし

外装はその儘なれど黒黒と洞《うろ》を曝せる隣り家のさま

焼け焦げし家を見上ぐる群れのなか蹲《うづくま》りをり竹馬の友は

蹲り虚ろとなれる友の瞳《め》を我はもしばし見つめたるのみ

若者の勤めに出でたる夏まひる悪魔の来たりて炎《ほむら》に包む

干し物に残れる赤き焼け焦げに式神来たり去りしを思ふ

一夜明け朝かげ射し入る廃屋に余燼の匂ひ漂ひやまず

焼け爛れ空無のけはひの漂へる窓辺を黒き揚羽は過《よ》ぎる

鬼太郎列車

天と陸《くが》この世かの世の境なる波止《はと》へと鬼太郎列車は進む

気動車の鬼太郎列車に微睡めばシートに目玉おやじが呟く

古地図にはなき砂嘴《さし》の上に一本の線路の延びて人家は囲む

飛行機の鉄路にぬうと顔出だす米子《よなご》鬼太郎空港過《よ》ぎる

子泣きじじいはファミリー列車に描かれぬいつき養ふかなしみを哭《な》き

山陰線発祥の碑に常世神少名毘古那《スクナヒコナ》の手形ありとや

境線終着駅の駅頭に驟雨に濡れつつ鬼太郎像立つ

強《し》ひ語り志斐《しひ》の媼の裔《すゑ》としてのんのんばあがしげるに語りき

弓ヶ浜見放《さ》くる果ての海中《わだなか》に足を浸して虹すくと立つ

鬼太郎の画に逆巻ける冬の海　武良家のふるさと隠岐にありとふ

神の国出雲に自動改札なく切符を渡す人の手ぬくし

荒神谷

くれなゐに冴ゆる古代の蓮はいま蜻蛉のうつつを乗せつつ揺らぐ

検見川にあらず荒神谷の田に古代の蓮は夏咲き盛る

一片の須恵器が囁き二千年眠りしあまたの銅剣目覚めぬ

蜂巣より零るる褐色の種ひとつ弥生の銅剣ここより出づる

銅剣の互ひ違ひに置かれしは何ゆゑ時間《とき》に埋まるごとく

夏日浴び三百五十八本の銅剣光れり模造なれども

銅剣の補修は青銅色目指し耀く日差しの色を夢見る

剣に舞ひ剣に殺めしいにしへの習慣《ならひ》や久米歌のこと思はるる

埋めたる人の愁ひと掘り出だす喜びつなぎて銅剣あまた

老子の谿

鳶の舞ふ谿《たに》の底ひの茅屋に在り経てときに老子を思はむ

溶接の火花の散る音をりをりに響きて小路に彼岸花咲く

「一塊の土」のお住《すみ》の情けなさ母に思ひてわが身に思ふ

漱石の墓見つからぬ顚末を龍之介記しき死のまへの年

老ゆる身に合はせ打法を変へゆきし和田の決断齢《にれか》みてゐる

湖のあなたを狭霧のおほひつつ為すなきけふの愁ひは兆す

軽の群れ蟻のごとくに蠢きたり浜名湖競艇場大駐車場

在来線ホームと競艇場のあひ劈《つんざ》きて過ぐ〈のぞみ〉〈ひかり〉は

競艇場誘致の一人は祖父《おほぢ》にて誉められ腐され忘れ去られき

木喰仏

浜松市博物館にて木喰展を見る

木喰の彫りたる子安地蔵尊背《せな》の丸みにトトロが潜む

仏説に関はりあらぬ子安像満面の笑みに彫りし木喰

木喰の山より山へと流れゆき都邑・塵芥に紛れむとせず

木喰の辿りし村里おほかたは限界集落となる今世紀

両の掌《て》に隠れむほどの木像を家また家に木喰残しき

木喰の大黒天像深ぶかと囲炉裏の煙に燻されし黒

情念の紅蓮の火群《ほむら》を木喰の太々と彫りて不動明王

木喰の十王坐像、葬頭河婆《さうづかばば》かなしき顔に死を笑ひたり

「花は散るも種は残らむ」と木喰の千体の像の千体の笑み

還暦の我と還暦に彫り初めし木喰の念ひの丸くまあるく

後記

『更級日記』の冒頭近く、父の任国であった上総国から帰京する道中を描く記述の中に、次のような一節がある。菅原孝標女が捉えた、今からほぼ千年前、寛仁四（一〇二〇）年のわが産土の地の光景である。

浜名の橋、下りし時は黒木をわたしたりし、このたびは、跡だに見えねば舟にて渡る。入江にわたりし橋なり。外の海は、いといみじく悪しく、浪たかくして、入江のいたづらなる洲どもに、こと物もなく松原の茂れる中より、浪の寄せ返るも、いろいろの玉のやうに見え、まことに松の末より浪は越ゆるやうに見えて、いみじくおもしろし。

それよりかみは、猪鼻といふ坂の、えも言はずわびしきをのぼりぬれば、三河の国の高師の浜といふ。

（本文は『新潮日本古典集成』に拠る）

浜名の橋をめぐる記述も興味深いが、何より太平洋の荒波が押し寄せる光景のきらきらしさと凄まじさが目を引く。そして私が長く気になっているのは猪鼻坂という地名のことである。

幼い頃、この辺りに住む友に連れられて、「カチ坂」と呼ばれる地を歩いたことがある。お地蔵様が並び、花が活けられて、ハケ（崖）からは湧き水が滴っていたのを覚えている。現在、この地は施設の一角となり、往時の姿はまったくとどめていない。

さて、「猪鼻坂」の「猪」とは「井」であり「水」のこと、すなわち浜名湖の湖水のことであろう。「鼻」は「端」、その先端ということであろう。そこから海食崖を五〇メートルほど登るのが「徒歩坂《かち》」、「猪鼻坂」であったに違いない。

浜名湖も明応七（一四九八）年の大地震ですっかり姿を変えたばかりか、江戸時代にも地震よって二度も宿場が流され、場所を変えたと伝える。「きらきらしさ」の傍らにあり、突如、牙を剝く自然の「凄まじさ」。東日本大震災の一報を聞き、目にしたときも、そうした自然の二面性に従うしかない人の営みの儚さ、苦しさとそうして生きて来たその土地、その土地の生活のことを思った。私自身もそうして自然に従って生きて来た者の末裔である。

平成十八（二〇〇六）年に第二歌集『パッサカリア』を刊行してより十年余りを経て刊行する私の第三歌集である。平成二十三（二〇一一）年より平成二十八（二〇一六）年までの作品、四六五首を収めた。私の五十代半ばより六十歳までにあたる作品である。今回歌集に収めなかった四十代後半から五十代に入る頃までの作品は、いずれ稿を改めて発刊するつもりでいる。

「カチ坂」を駆け上がるようにして壮年の坂を駆け上がり、気が付けば来し方行く末の行路も見え難いというのが現在の心境である。しかし、半ば見失われそうになった道、そして人々が歩み続けて来た道を丹念に探り当てつつ、独り歩んで行くしかないだろう。この時代に短歌に拘り続ける志も似たようなものかもしれない。そうした思いを込めて「猪鼻坂」と命名した。

先師の窪田章一郎先生ほか多くの方々と永遠のお別れをする一方で、この間、長きに亘りお世話いただける方は多く、新たな歌友にも恵まれた。そうした出逢いを大切にしながら、また、新たな一歩を進めようと思う。歌集はこれまでと同様に田村雅之様にすべてを委ねることとした。今回の発刊に際しても、多大な御配慮をいただき、言い尽くせないほどの感謝の思いを感じている。また、今回も内容にふさわしい装丁をなさって下さった倉本修様にも心より御礼申し上げます。

平成二十九年八月二十三日

柴田典昭

著者略歴

柴田典昭（しばた・のりあき）

一九五六（昭和31）年　静岡県浜松市に生まれる。

一九八六（昭和61）年　「まひる野」に拠り作歌を始める。

一九九一（平成3）年　第九回現代短歌評論賞受賞。

一九九八（平成10）年　第一歌集『樹下逍遙』（第五回日本歌人クラブ新人賞）刊行。

二〇〇六（平成18）年　第二歌集『パッサカリア』刊行。

二〇一六（平成28）年　『柴田典昭歌集』（現代短歌文庫）刊行。

まひる野叢書三四七篇
歌集　猪鼻坂

二〇一七年一一月一一日初版発行

著　者　柴田典昭
静岡県湖西市新居町新居一四三三―三（〒四三一―〇三〇二）

発行者　田村雅之

発行所　砂子屋書房
東京都千代田区内神田三―四―七（〒一〇一―〇〇四七）
電話　〇三―三二五六―四七〇八　振替　〇〇一三〇―二―九七六三一
URL　http://www.sunagoya.com

組　版　はあどわあく

印　刷　長野印刷商工株式会社

製　本　渋谷文泉閣